Tadpole Books are published by Jump!, 5357 Penn Avenue South, Minneapolis, MN 55419, www.jumplibrary.com

Editor: Jenna Trnka **Designer:** Molly Ballanger **Translator:** Annette Granat

Photo Credits: Tsekhmister/Shutterstock, cover; KETPACHARA YOOSUK/Shutterstock, 1; Katesalin Pagkaihang/Shutterstock, 3; Anneka/Shutterstock, 2ml, 4–5; Makarova Viktoria/Shutterstock, 2bl, 6–7; Robert Eastman/Shutterstock, 2mr, 8–9; FloridaStock/Shutterstock, 2tr, 10–11; Nadezhda V. Kulagina/Shutterstock, 2tl, 12–13; Villiers Steyn/Shutterstock, 2br, 14–15; Erik Lam/Shutterstock, 16.

Library of Congress Cataloging-in-Publication Data
Names: Gleisner, Jenna Lee, author.
Title: Las patas / por Jenna Lee Gleisner.
Other titles: Feet. Spanish
Description: Minneapolis, MN: Jump!, Inc., (2020) | Series: Las partes de los animales | Includes index. | Audience: Age 3–6.
Identifiers: LCCN 2019000470 (print) | LCCN 2019001842 (ebook) | ISBN 9781641289764 (e-book) | ISBN 9781641289757 (hardcover : alk. paper)
Subjects: LCSH: Foot—Juvenile literature.
Classification: LCC QL950.7 (ebook) | LCC QL950.7 .G5418 2020 (print) | DDC 591.47/9—dc23
LC record available at https://lccn.loc.gov/2019000470

LAS PATAS

por Jenna Lee Gleisner

TABLA DE CONTENIDO

Palabras a saber 2

Patas 3

¡Repasemos! 16

Índice 16

tadpole
en español

PALABRAS A SABER

almohadillas

garras

membranas interdigitales

pegajosas

pezuñas

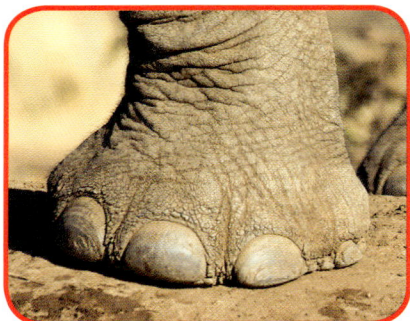

uñas

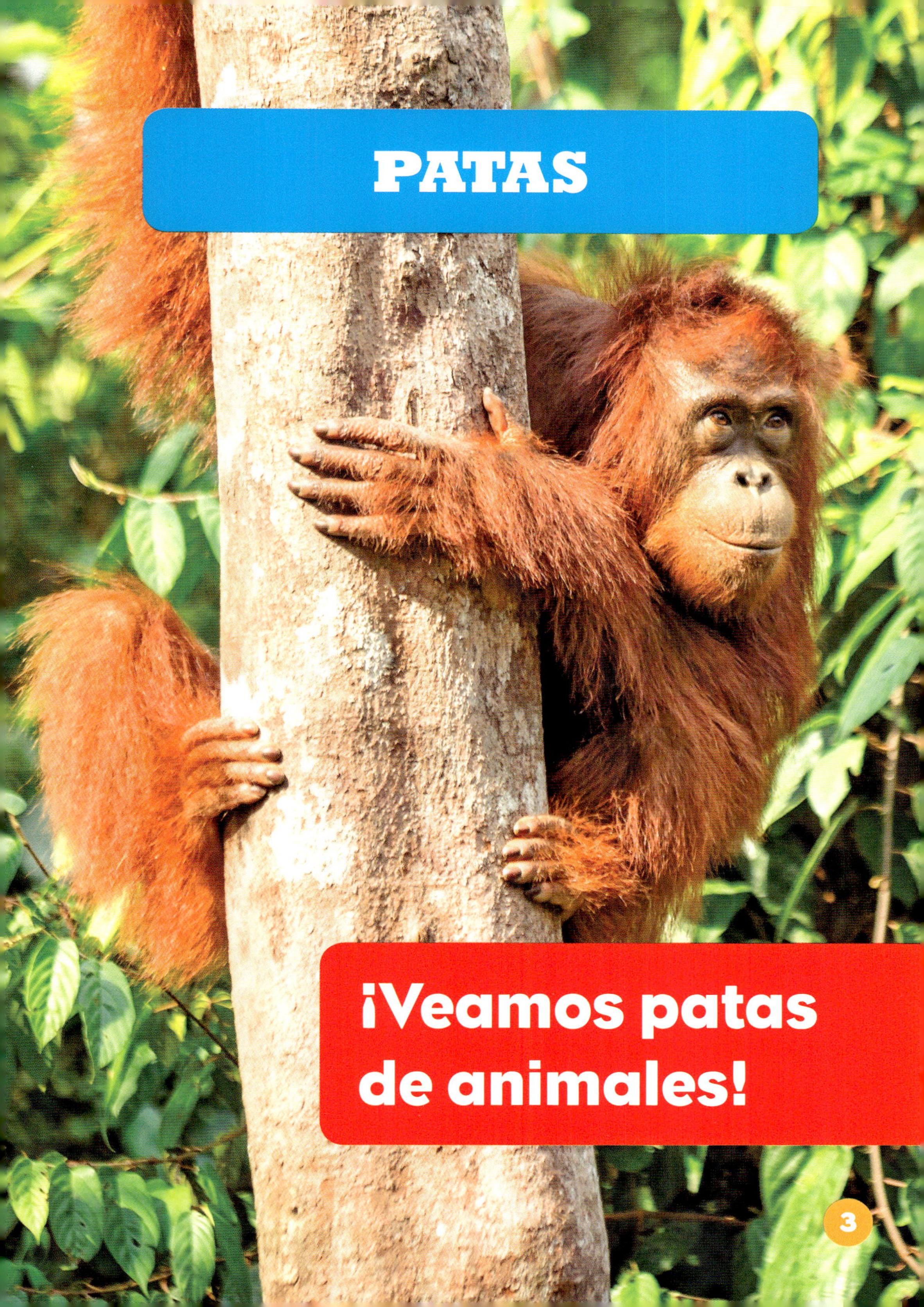

PATAS

¡Veamos patas de animales!

Estas patas tienen membranas interdigitales.

pezuña

Estas patas tienen pezuñas.

Estas patas son pegajosas.

garra

Estas patas
tienen garras.

almohadilla

Estas patas tienen almohadillas.

uña

¡Estas patas tienen uñas!

¡REPASEMOS!

¿Qué tienen las patas de este animal?

ÍNDICE

almohadillas 13

garras 11

membranas
interdigitales 5

pegajosas 9

pezuñas 7

uñas 15